Marcelo Maluf • Ilustrações Nat Grego

VOCÊ JÁ OLHOU PARA O CÉU?

© 2023 Elo Editora
© Marcelo Maluf
© ilustrações Nat Grego

Todos os direitos reservados. Nenhuma parte desta obra pode ser reproduzida ou transmitida por qualquer meio (eletrônico ou mecânico, incluindo fotocópia e gravação), ou arquivada em qualquer sistema ou banco de dados, sem permissão da Elo Editora.

Texto fixado conforme o Acordo Ortográfico da Língua Portuguesa de 1990 (Decreto Legislativo nº 54, de 1995).

Publisher: **Marcos Araújo**
Gerente editorial: **Cecilia Bassarani**
Editora de arte: **Susana Leal**
Designers: **Giovanna Romera** e **Thaís Pelaes**
Revisão: **Richard Sanches** e **Maria Viana**
Projeto gráfico: **Susana Leal**
Letristas: **Amanda Benini** e **Mauro Leal**

Dados Internacionais de Catalogação na Publicação (CIP)
(Câmara Brasileira do Livro, SP, Brasil)

Maluf, Marcelo
   Você já olhou para o céu? / Marcelo Maluf ; ilustrações Nat Grego. -- São Paulo : Elo Editora, 2023.

   ISBN 978-65-80355-87-7

   1. Literatura infantojuvenil I. Grego, Nat. II. Título.

23-169808   CDD-028.5

Índices para catálogo sistemático:
1. Literatura infantojuvenil   028.5
2. Literatura juvenil   028.5

Cibele Maria Dias - Bibliotecária - CRB-8/9427

Elo Editora Ltda.
Rua Laguna, 404
04728-001 – São Paulo (SP) – Brasil
Telefone: (11) 4858-6606
www.eloeditora.com.br

eloeditora   eloeditora   eloeditora

Para Daniela.
Para todos que admiram estrelas.

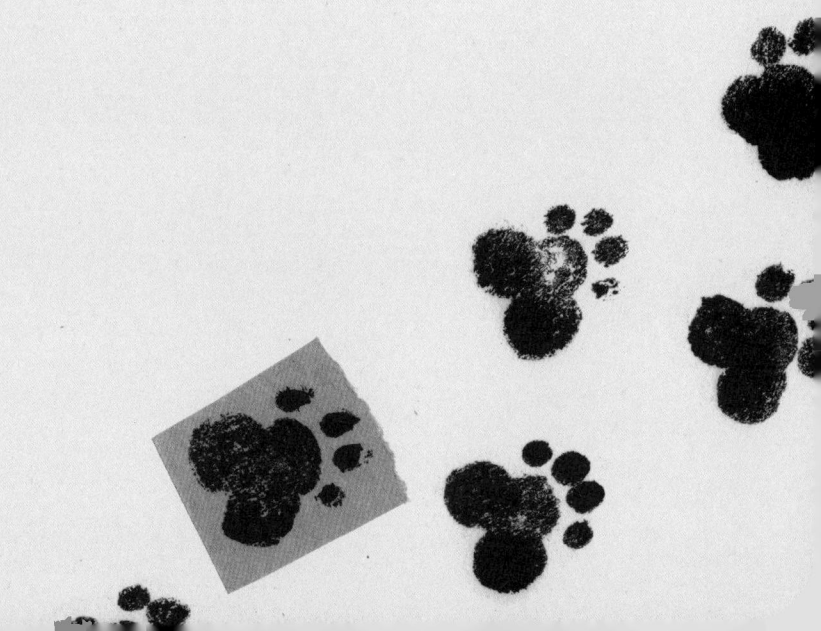

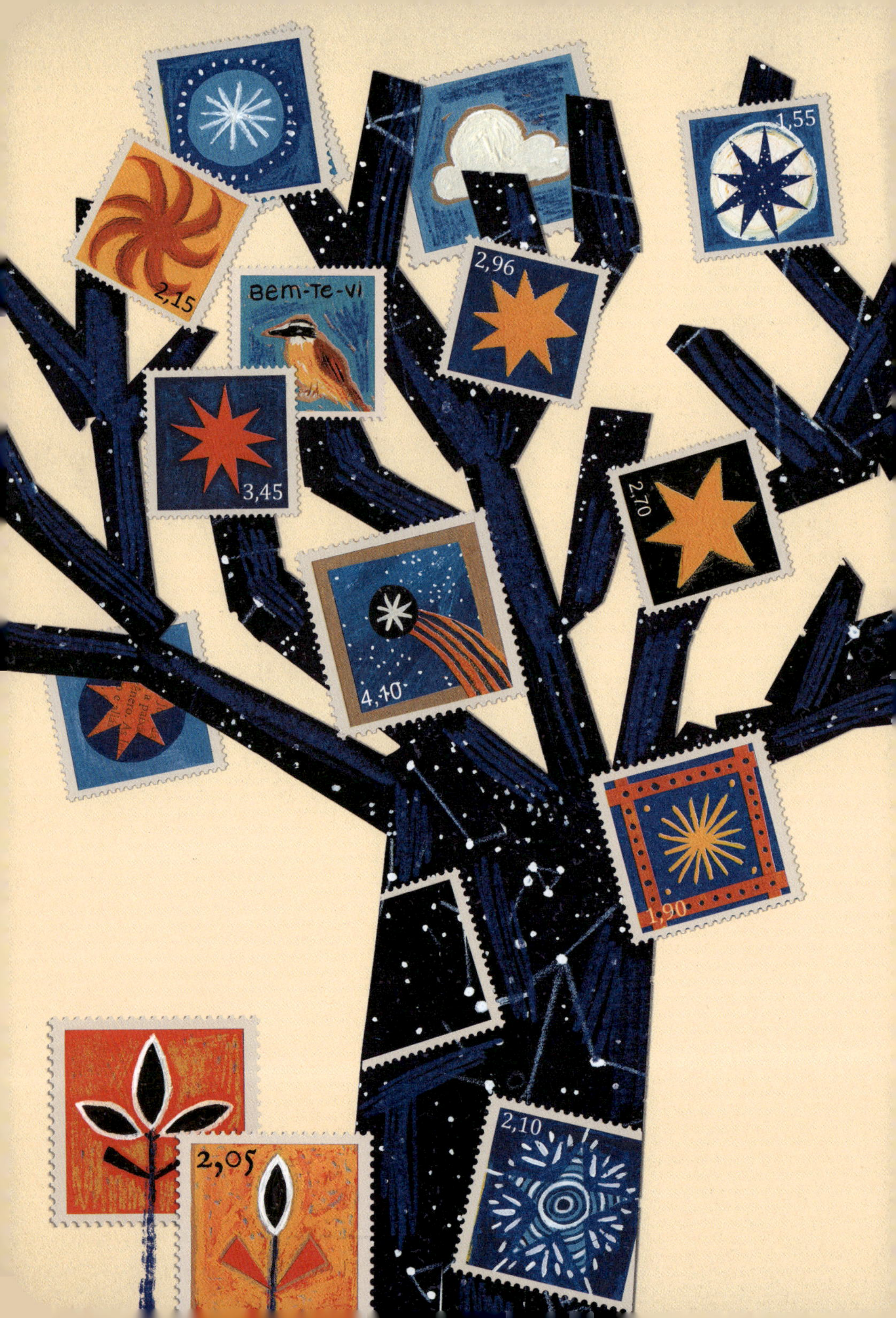
1,55
2,15
Bem-te-vi
2,96
3,45
2,70
4,10
1,90
2,10
2,05

Desça das nuvens

"Desça das nuvens, Érico!", me disse outro dia o professor de Matemática. Já ouvi essa frase de quase todos os professores da minha escola, dos meus pais e até de alguns colegas da minha sala. A única pessoa que eu conheço que nunca me disse essa frase é a minha tia Luci. "Você é dos meus!", ela me diz. Todo mundo também fala que o meu maior problema é que eu vivo olhando para o céu em vez de olhar para a frente.

As três coisas mais importantes que eu gostaria que você soubesse a meu respeito são:

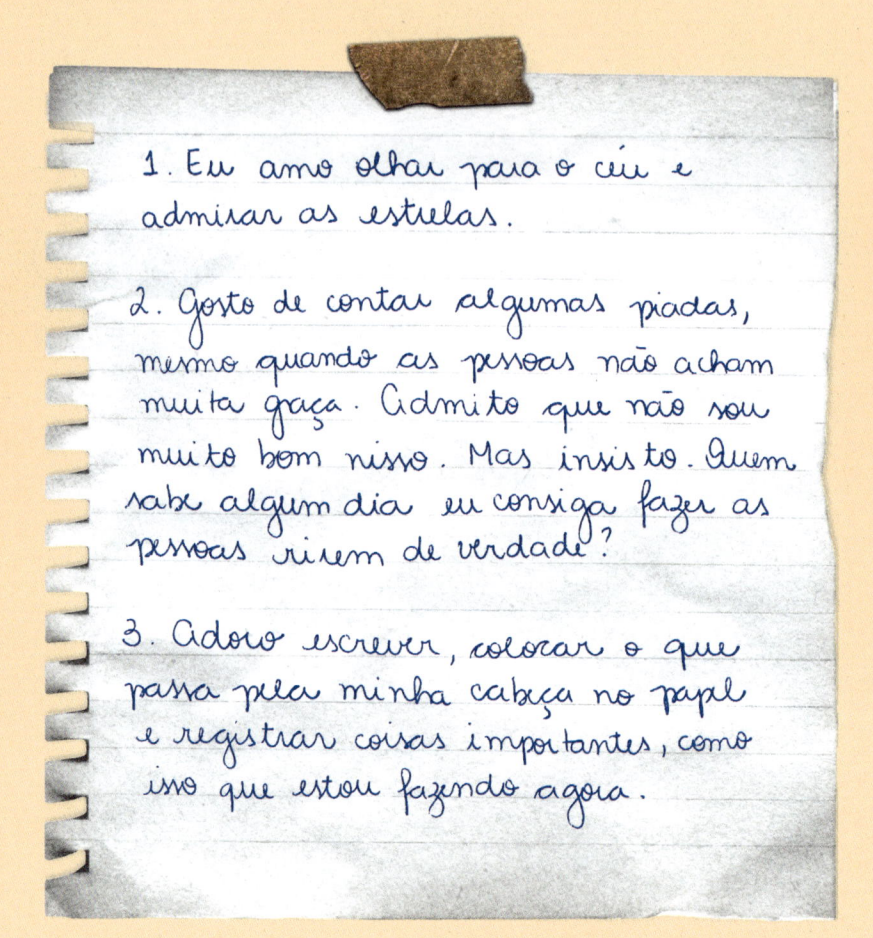

1. Eu amo olhar para o céu e admirar as estrelas.

2. Gosto de contar algumas piadas, mesmo quando as pessoas não acham muita graça. Admito que não sou muito bom nisso. Mas insisto. Quem sabe algum dia eu consiga fazer as pessoas rirem de verdade?

3. Adoro escrever, colocar o que passa pela minha cabeça no papel e registrar coisas importantes, como isso que estou fazendo agora.

Eu não vou mentir. Acho muito melhor ficar olhando para o céu do que para a frente. Quando olho para o céu durante o dia, vejo as nuvens, os pássaros, o Sol. À noite, vejo as estrelas, a Lua, os raios e as luzes piscantes dos aviões. Se eu ficar só olhando para a frente, o que vejo são carros, motos, postes, prédios, ruas, calçadas, semáforos. E muuuita gente! Fica tudo tão misturado que não dá para perceber a diferença entre as pessoas. Eu fico atordoado. Mas o pior são os prédios, eles me atrapalham quando tento olhar para o céu. Pelo menos aqui em São Paulo é assim, tem prédios em todo lugar e você tem que ficar encontrando um espacinho entre eles para poder ver a Lua, as estrelas, os pássaros... e isso é bem chato.

Aliás, você já olhou para o céu? Não uma olhadinha rápida. Quero saber se você já olhou de verdade para o céu. No começo, pode até parecer uma coisa sem graça e o pescoço pode ficar dolorido, mas um tempo depois você começa a perceber o quanto as estrelas são extremamente divertidas. Garanto pra você! Por exemplo, olhando assim, rapidamente, parece até que todas as estrelas são da mesma cor, certo? Mas não. Eu demorei um tempão para perceber. Algumas são mais avermelhadas, e outras, mais azuladas. É sério! Olhe para o céu com uma luneta e você vai concordar comigo. Tem muita coisa no céu para conhecer, de dia ou de noite.

Aproveitando que estou falando sobre as estrelas, deixa eu te fazer uma pergunta: você conhece a piada da estrela sonolenta? Não? Então vou te contar.

Era uma vez uma estrela com muito sono e que não conseguia dormir de jeito nenhum. Daí, ela gritou para as outras estrelas:

— Já é noite! Apaguem as luzes que eu quero dormir!

Você riu? Não?! Tá bom... Essa piada não é tão boa assim.

Mas é uma invenção minha. Eu tive essa ideia depois de ficar pensando que se as estrelas dormissem, elas nunca conseguiriam dormir no escuro. Já pensou nisso? Pois é, eu fico pensando essas coisas. E é também por causa disso que vivem me dizendo que eu vivo no mundo da lua. Aliás, eu adoraria viajar para a Lua.

Mas vamos mudar de assunto.

Faz alguns dias que ouvi o meu pai dizer para a minha mãe que ele estava ficando velho, que ele era do tempo em que se escreviam cartas. E aí eu fiquei pensando que o meu pai era bem velho mesmo.

Eu tenho dez anos de idade. Mas só falta um dia para eu fazer onze. Sim, amanhã é o meu aniversário. Eu nasci no dia 5 de junho de 2008. Por isso, já vou considerar que tenho onze. Nesses onze anos de vida, nunca escrevi uma carta. Nunca. Pensei que talvez fosse uma boa ideia escrever uma carta para a Fernanda, uma garota da minha sala. Desde o começo do ano, que tenho percebido que ela também não tem amigas nem amigos. E já estamos em junho. A verdade é que eu acho que estou meio apaixonado por ela, mas a Fernanda não sabe disso, é claro. Aliás, ninguém sabe. Eu não sei dizer se o que eu sinto pela Fernanda significa estar apaixonado. Só a minha tia Luci pode me ajudar a descobrir isso.

Quando contei para ela sobre a Fernanda e que eu achava que estava meio apaixonado, a minha tia quis saber o que exatamente eu quis dizer quando falei que estava apaixonado. Ela me pediu para descrever o que eu estava sentindo. Eu disse que, quando olhava para a Fernanda, eu me sentia um pouco triste e o meu coração parecia fazer uma batucada, como a de uma escola de samba, e que toda vez que eu via alguma coisa da cor de caramelo eu logo me lembrava dos olhos da Fernanda. A minha tia balançou o queixo para cima e para baixo e me disse:

— Sim, Érico, pode ser que você esteja apaixonado por essa garota. Pode ser... E o que mais você sabe sobre ela?

Fiquei em silêncio. Não sabia nada sobre a Fernanda, só que ela não tinha amigos.

— Você já conversou alguma vez com ela?

— Ainda não. Falei apenas "oi" e "tchau". Essas coisas, sabe?

— Então você precisa conversar com ela, perguntar do que ela gosta. Acho que vocês poderiam ser amigos. — Tia Luci sempre me deu bons conselhos. Ela sabe como usar as palavras. Ela é poeta.

Só de pensar em falar com a Fernanda as minhas pernas começam a tremer. Mas acho que a tia Luci tem razão. E se a Fernanda detestar estrelas? E se ela não gostar de piadas? Eu preciso saber de que coisas ela gosta. Não que ela precise gostar de tudo o que eu gosto, mas se ela detestar as estrelas, por exemplo, o que eu faço?

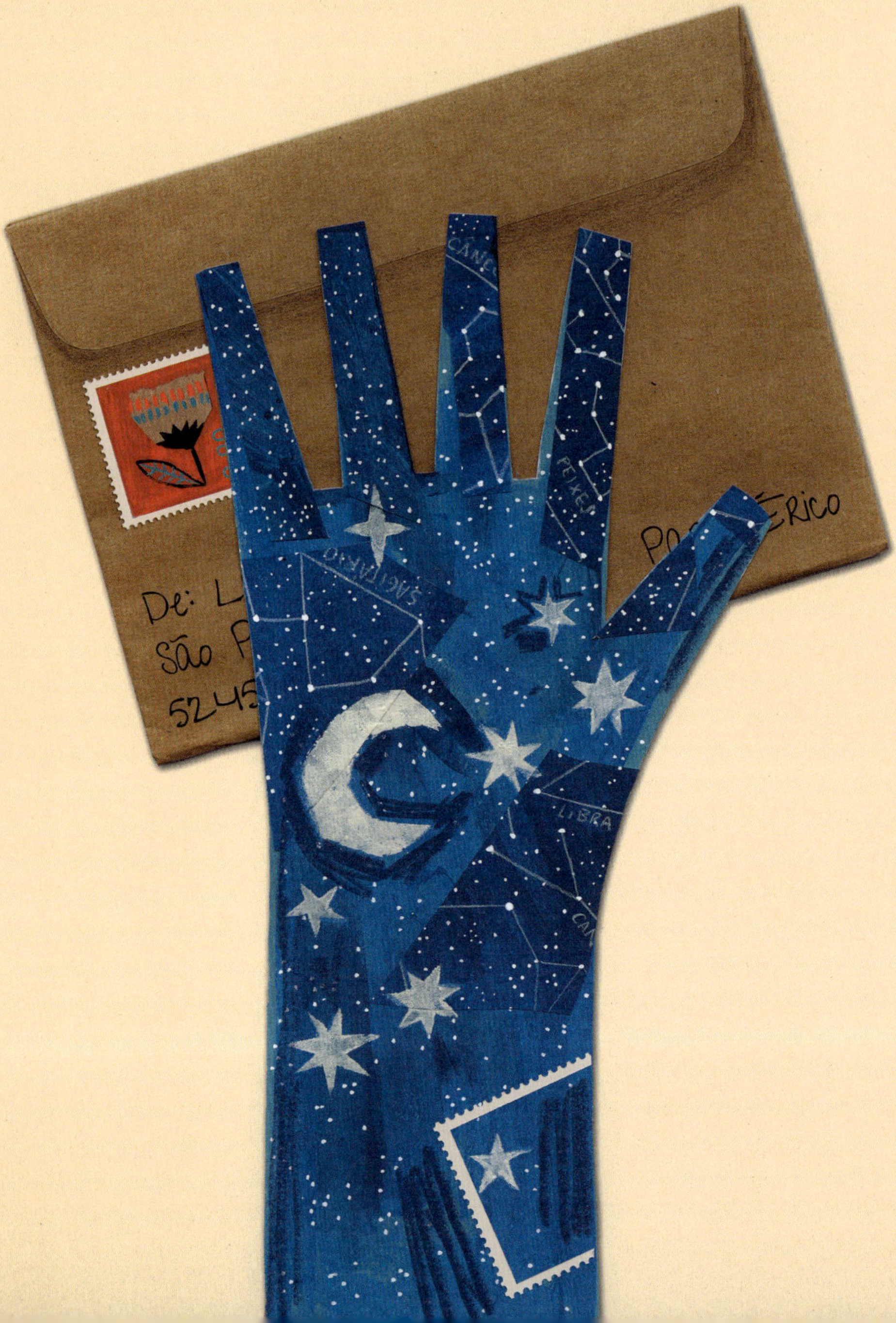
PEIXES
LIBRA
Érico

Um dia especial

Hoje é domingo, dia 5 de junho de 2019, dia do meu aniversário.

Como eu disse, estou completando onze anos de idade. A minha mãe comentou que os meus tios e primos do interior vêm à noite para me dar os parabéns. Eu não estou muito empolgado com a festa, só com o bolo de prestígio. Eu adoro o bolo de prestígio que a minha mãe faz. Mas, para falar a verdade, estou pensando em outra coisa. Estou pensando em escrever uma carta para a Fernanda. E preciso fazer isso antes das férias.

Depois do almoço, fui perguntar para o meu pai sobre as cartas que ele escrevia. Ele me contou que não existia internet quando ele era jovem. O meu pai tem cinquenta e três anos. Daí eu perguntei como era possível sobreviver num mundo sem internet. Ele me explicou que as pessoas, quando queriam conversar bastante e moravam longe, trocavam cartas. Então, a minha mãe disse que o meu pai escrevia cartas de namorado para ela. E que ela guardava essas cartas até hoje.

Daí eu fiz algo que não se deve fazer, mas eu precisava dar uma olhada naquelas cartas para saber como escrever uma carta para a Fernanda. Enquanto a minha mãe preparava o bolo de prestígio na cozinha e o meu pai tinha saído para comprar alguns refrigerantes para o meu aniversário, eu fucei no armário da minha mãe e encontrei uma caixa de madeira no fundo de uma gaveta. E lá estavam as cartas, um verdadeiro tesouro no porão do navio, quer dizer, no armário da minha mãe. Eu era o pirata. Li quase todas. Eram, na maioria, cartas com declarações de amor, blá-blá-blá. As palavras mais usadas pelo meu pai nas cartas eram: amor, coração e saudade. É que o meu pai morava no interior, e a minha mãe, aqui em São Paulo. Resumindo: se eu quisesse escrever uma carta para a Fernanda, não dava para ser como as cartas do meu pai. Sem chance. Era melhor pedir ajuda para a minha tia Luci.

No final da tarde, a minha tia Luci chegou para ajudar nos preparativos do aniversário. Quando ela bateu na porta do meu quarto para me dar os parabéns, eu pedi socorro. Então, ela me explicou:

— Primeira regra para escrever uma boa carta é ser você mesmo. Essa regra também vale para a vida. Conte as coisas que você gosta de fazer, deixe o seu coração falar. E o principal, claro: pergunte se ela quer ser sua amiga. Entendeu?

Eu balancei a cabeça para cima e para baixo, o que significava um SIM.

A minha tia bagunçou os meus cabelos e foi ajudar a minha mãe, mas, antes de sair do quarto, ela me disse que depois queria conversar comigo para me pedir um favor.

— Claro! É só pedir que eu faço! — eu disse. Ela piscou os olhos para mim e fechou a porta.

Eu peguei o meu caderno e uma caneta e comecei a escrever a carta.

São Paulo, 5 de junho de 2019.

Fernanda,

Decidi escrever esta carta para te contar quais são as coisas que eu mais gosto de fazer. Pode ser que você também goste de alguma das coisas de que eu gosto.

Eu gosto de olhar para o céu durante o dia para observar os pássaros e as nuvens, seja nos dias de chuva ou de sol. Durante a noite, eu gosto de observar as estrelas e a lua com a luneta que eu ganhei do meu avô.

Eu adoro ler. Um dos últimos livros que eu li e gostei foi o "James e o pêssego gigante". Eu tenho um gato chamado Pólux, que é o nome de uma estrela muito brilhante. Também gosto de contar piadas, mas não sou muito bom fazendo isso, não.

Eu reparei que você está sempre sozinha durante o intervalo na escola, comendo o seu lanche. Eu também estou sempre sozinho. Por isso, eu queria saber se nós podemos ser amigos. Pelo menos não vamos ficar mais sozinhos no intervalo. O que você acha? Espero que você aceite.

Seu amigo, Érico

Pronto. Carta escrita. Quer dizer, tive que escrever, apagar, rasgar e reescrever umas vinte mil vezes, até que, enfim, consegui escrever uma que eu achei razoável. Que é essa que você acabou de ler. Agora, só preciso criar coragem para entregar a carta para a Fernanda. Vou pensar em como fazer isso.

Os convidados já estavam chegando quando terminei de escrever a carta. Tomei um banho rápido, me vesti e fui para a minha festa de aniversário. Mas, ao invés de ficar feliz, eu fiquei um pouco triste na minha festa. Os meus pais estavam na cozinha conversando com os meus tios o tempo todo. Os meus primos são bem mais velhos que eu. A Carol tem quinze anos e ficou grudada no celular até a hora de cantar parabéns. O Rodolfo tem dezessete e ficou largado no sofá assistindo ao jogo de futebol na televisão. Eu fui para o meu quarto e só saí de lá para cantar parabéns. Pelo menos o bolo de prestígio da minha mãe estava, como sempre, uma delícia.

Enquanto eu comia o bolo na cozinha, ouvi a minha tia dizendo para a minha mãe que ela não estava muito bem, que estava doente. Parecia que ela estava chorando. Daí eu perguntei:

— E o meu poema, tia Luci?

É que eu tinha pedido a ela que escrevesse um poema para mim de presente de aniversário. Ela me disse que ainda não tinha terminado de escrever e que me daria o poema em breve. Depois, ela me deu um abraço bem apertado, olhou para mim e me perguntou se eu poderia cuidar da Henriqueta, a gata dela. Na verdade, não apenas cuidar, queria que eu ficasse com ela. Era esse o favor que minha tia queria me pedir.

A Henriqueta é uma gata escaminha, muito peluda. Os gatos escaminhos têm esse nome por causa da cor da pelagem, em tons de preto e laranja. Eu disse que poderia ficar com ela, mas quis saber por que a tia Luci não queria mais ficar com a Henriqueta.

— Você não gosta mais da Henriqueta, tia?

— É claro que eu gosto! Eu gosto muito da Henriqueta, Érico! É justamente por esse motivo que estou te pedindo para ficar com ela.

Daí eu fiz uma cara de quem não estava entendendo nada e ela começou a chorar e me abraçou mais forte ainda.

— É que eu vou viajar e ficar fora por um tempo — ela me disse.

— Que ótimo — eu falei. — Vou escrever cartas para você e nós poderemos nos corresponder e... — ela levou a mão até os meus cabelos e balançou a cabeça para a esquerda e para a direita, que significa um NÃO, e disse:

— Não vou poder trocar cartas com você, Érico.

Foi então que eu entendi que a minha tia Luci estava mesmo muito doente.

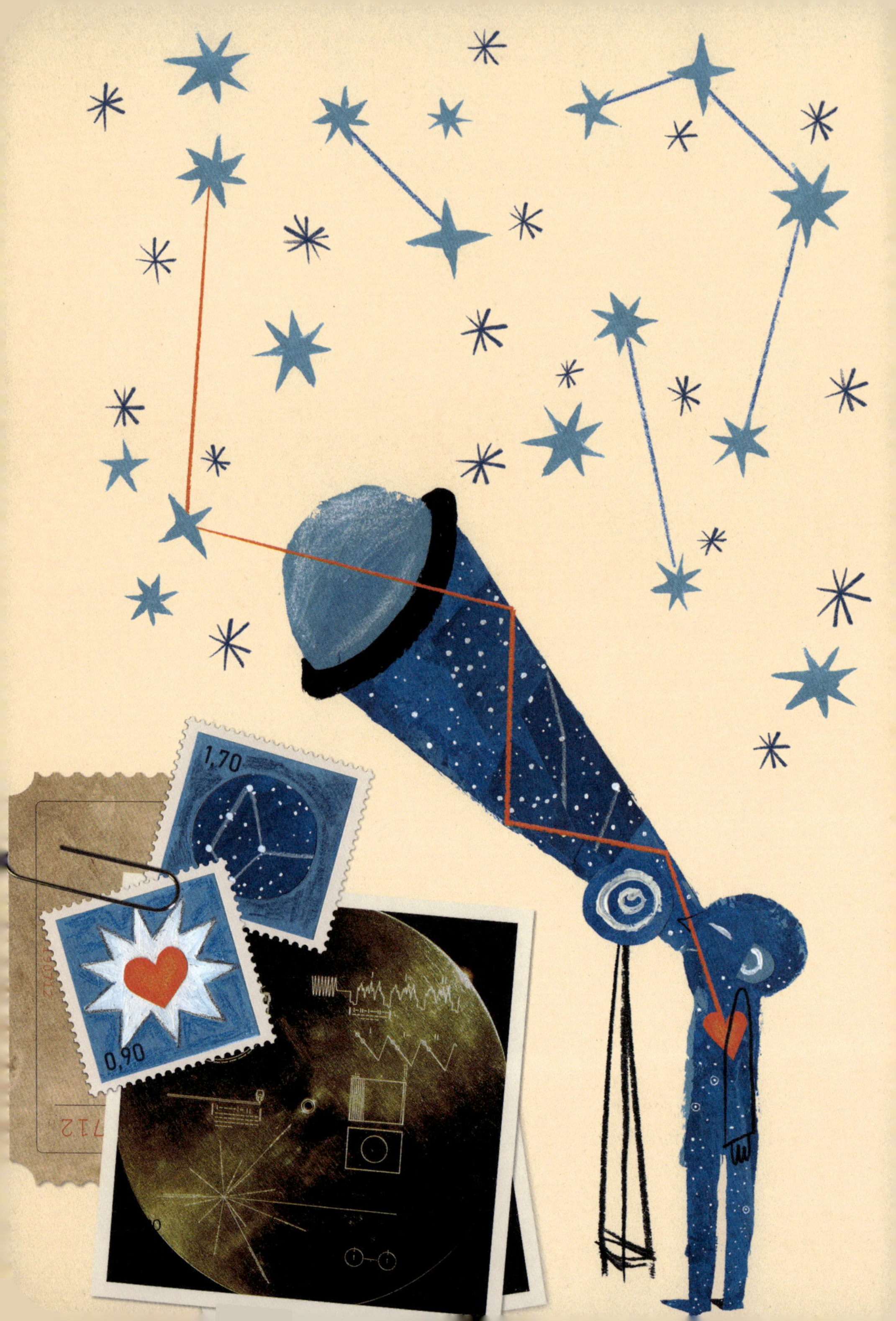
1,70
0,90

Conversar com as estrelas

    Três dias depois do meu aniversário, Pólux, o meu gato, ficou perdido durante três horas no prédio onde eu moro. A minha tia Luci estava chorando na sala. A tia Luci está sempre aqui em casa. Eu disse: calma, tia, o Pólux vai voltar. Ela me abraçou e disse que não estava chorando pelo sumiço do Pólux, pois sabia que ele apareceria logo. E completou dizendo que sempre me amaria. Sempre. Ela fez questão de repetir a palavra "sempre". Logo depois o Pólux apareceu se esfregando na porta e miando de fome.

Como eu já disse, a minha tia é poeta. Eu gosto de ler poesia. A tia Luci sempre me dá livros de presente, me leva a museus, ao cinema, ao teatro e, depois, tomamos sorvete ou comemos pipoca. A minha tia até me ensinou a escrever uns versos. Ela me disse que um bom poema nasce do coração e que eu tinha um coração de poeta.

Na noite passada, eu olhei para o céu e vi que era noite de lua cheia. Daí eu pensei: será que neste exato momento tem mais alguém olhando para a Lua? E logo imaginei que muitas pessoas deveriam estar olhando para a Lua naquele mesmo instante. Eu achei que aquilo poderia virar um poema. Sentei na minha cama e escrevi, escrevi, escrevi. Não é nada fácil escrever um poema. Mas acabou saindo. Não coloquei título nem nada. Ficou assim:

> Você, que eu não sei quem é,
> do céu a lua nos vê
> Cada um do seu lugar,
> banhados pelo luar.
> Estamos tão longe um do outro.
> Sabe como é,
> tudo tem um lado bom,
> pelo menos daqui eu não sinto seu
> chulé.

PAUSA PARA TOMAR UM COPO DE ÁGUA.

Desculpe, eu estava morrendo de sede. Na verdade, verdade mesmo, estava morrendo de vergonha de mostrar o meu poema. Acho que acabei escrevendo uma mistura de poema com piada. Mas tudo bem, ainda estou aprendendo. Depois eu mostrei o poema para a minha tia e ela riu, me abraçou, bagunçou os meus cabelos com as mãos e disse:

— Érico, meu poeta.

Fiquei feliz, fazia tempo que eu não via a minha tia sorrir. Isso já valeu. Eu disse para ela que não era poeta. Só gostava de conversar com as estrelas, e era bem diferente ser poeta e conversar com estrelas. Eu disse que era sério, que eu conversava com as estrelas. Ela estranhou um pouco. Olhou para mim querendo entender o que eu estava falando. É verdade, eu disse. Eu falo com as estrelas. Esse é quase um segredo meu que eu não conto para ninguém. Quase um segredo. Já contei para a minha tia e estou contando para você agora.

Expliquei para ela o meu método. As estrelas falam quando ficamos olhando para o céu em silêncio. E tem um detalhe: elas não falam nenhuma língua conhecida por nós. Não falam português, espanhol, inglês, francês, alemão, italiano, árabe, japonês, nenhuma dessas. Não, as estrelas falam uma língua que só dá para entender se fizermos muito silêncio e observarmos. Já ouvi dizer que o nosso destino está escrito nas estrelas. Não tenho certeza. Mas que elas sabem de muita coisa, disso eu não duvido. Imagina você ficar lá no céu vendo tudo o que acontece na Terra? A minha tia disse que seguiria o meu método e tentaria conversar com as estrelas. Eu pedi a ela que me contasse como foi a conversa depois.

✳

Ontem eu fui com a minha mãe levar a luneta para consertar. A lente não está nada boa. Talvez tenha que ser trocada. Ganhei a luneta do meu avô quando eu tinha sete anos. "Você não larga essa luneta, meu filho. Até que demorou para dar problema", disse o meu pai. Com ela, eu chego mais perto das estrelas. Mas só quando o céu fica limpo. Aqui em São Paulo, é difícil enxergar muitas estrelas. Além das luzes dos postes e dos apartamentos que atrapalham, tem a poluição. Quando viajo para a casa dos meus avós, no interior, eu vejo tanta estrela que parece que o céu de lá é outro.

O meu pai me disse que, quando ele tinha vinte anos, viu o cometa Halley passar. Isso foi em 1986. Descobri pela internet que a próxima aparição desse cometa será só em 2061. Até lá, eu terei cinquenta e três anos de idade. Nossa! A mesma idade que o meu pai tem hoje. Às vezes, eu fico tentando me imaginar mais velho, como o meu avô. Eu olho para ele com aquelas rugas, os cabelos brancos, um jeito de andar tão devagar e fico pensando em mim ali no lugar dele. Contei isso para a minha tia Luci e ela me disse para eu não ficar pensando nisso agora, e que eu era muito novo para me preocupar com essa história de ficar velho. Era melhor pensar apenas no cometa Halley.

As perguntas sempre estão lá

Responda a essa pergunta: por que existem camas elásticas no polo Norte?

Resposta: é para o urso-polar!

Gostou? Essa foi só para quebrar o gelo, hehehe. Quebrar o gelo, polo Norte, urso-polar, pular… Entendeu?

Desculpe se não achou engraçado. A verdade é que eu estou tentando rir de qualquer coisa. Aquela história da minha tia me deixou sem vontade de fazer nada. E já adianto que ela está melhor. Ufa! "Não foi viajar ainda." Ainda bem. Mesmo assim, eu fiquei muito preocupado. A tia Luci é uma das pessoas mais legais do mundo.

Ela me ajudou a decorar as paredes do meu quarto com fotos de planetas, estrelas, cometas, buracos negros, nuvens e pássaros em pleno voo. Eu fico olhando para todas essas imagens e imaginando: como seria se tivesse vida em outros planetas? E se eu pudesse voar como uma águia? O que é que tem num buraco negro? Será que isso tudo pode acabar um dia? Será que, quando deixarmos de existir neste planeta, vamos viver em outro? E muitas outras perguntas que ficam voando pela minha cabeça.

Às vezes, eu quero que as perguntas sumam. Desapareçam. Daí eu fico me lembrando de algumas piadas. Mas as perguntas estão sempre lá, dentro da minha cabeça, até quando eu estou na escola. Eu olho pela janela da sala, vejo um raio de tempestade atravessar o céu e, depois de alguns segundos, ouço um trovão. Eu gosto tanto daquilo que tenho vontade de sair e ir ao pátio para ficar olhando para o céu. Bem, como eu já disse, esse é o meu problema. Eu prefiro ficar olhando para o céu. Como eu já contei, os meus pais dizem que isso é um problema, os meus professores dizem que isso é um problema. Só a minha tia Luci acha que não é. E foi por isso que ela discutiu outro dia com os meus pais.

Espera só um minutinho.

PAUSA PARA DAR RAÇÃO PARA O PÓLUX.

Não sei se você tem um gato. O Pólux tem um gosto bem estranho para comida. Ele gosta mais de frutas do que de ração. A minha tia disse outro dia que ele é um gato quase vegetariano.

Ele gosta de melão. É só alguém cortar um pedaço de melão que ele vem correndo e miando querendo um pedaço. Agora não tinha melão e foi ração mesmo. O Pólux é muito engraçado.

Mas voltando... Eu estava dizendo que a minha tia discutiu com os meus pais outro dia e eu ouvi parte da conversa. Ela disse que eu só era diferente, que era preciso ter paciência comigo e que ela, quando era criança, sofreu o mesmo preconceito, apenas por ser diferente da maioria. Fiquei pensando no que a minha tia disse. Eu nunca me achei diferente de ninguém. Na verdade, eu me acho bem normal, igual a todo mundo. Quer dizer, eu nunca tinha parado para pensar nisso até ouvir a discussão. Mas por que eu sou diferente? Eu vou à escola, como todo mundo vai. Eu gosto de brincar, como todo mundo gosta. Eu conto piadas, como todo mundo conta. Quer dizer, não conto tão bem, é verdade. Eu vivo no mesmo planeta que todo mundo. Não sei. Será que é porque eu gosto de ficar olhando para o céu? Mas isso não é ser diferente, é só um gosto meu. Não é?

— Você precisa entender, Cláudia, que o problema não é o Érico. São as pessoas que o tratam com preconceito! — a minha tia disse para a minha mãe.

A conversa acabou quando a minha mãe disse para a tia Luci:

— O Érico é meu filho. Eu sou a mãe dele. Não você! E vê se para de encher a cabeça do menino com poesia. Ele já vive nas nuvens, Luci. O que o Érico precisa é de manter os pés no chão para não ficar voando por aí, entende?

A minha tia abaixou a cabeça e foi embora.

Olhei para os meus pés. Eles estavam no chão. Pensei que se eu pudesse realmente voar, seria fantástico!

THE GATLES
MIADOS AT NIGH[T]

GATOPHONE

3,05

Hoje está fazendo bastante frio

    O Pólux está dormindo enfiado embaixo do meu cobertor, como se estivesse dentro de uma caverna. Acho que o que ele mais gosta de fazer é dormir. A Henriqueta está dormindo em cima do armário. Ela prefere ficar distante do Pólux, vendo tudo do alto. Eu acordo de manhã cedo para ir para a escola e eles continuam dormindo até quase a hora do almoço. Eles se levantam para comer, usar a caixinha de areia e beber água. Depois, dormem de novo. E dormem, dormem, dormem quase o dia todo.

Eu queria muito que o Pólux falasse a minha língua ou eu falasse a língua dele. Eu e o Pólux conversamos bastante, do nosso jeito, é claro. Já faz quatro anos que ele mora aqui em casa. Eu falo alguma coisa. Ele mia. Mas nem sempre eu consigo entender o que ele quer dizer com os miados. As pessoas dizem por aí que os animais não sentem como nós sentimos, mas eu tenho certeza de que o Pólux sente tudo. Quando eu estou feliz ou triste, ele sente. Ele sabe. Ele vem e deita perto de mim e me chama para brincar ou quer que eu coce atrás das suas orelhas. O Pólux é um grande amigo para mim, e nós brincamos e dormimos no mesmo quarto. Ele é como um irmão mais novo. Espero que eu também seja tudo isso para ele. E agora a Henriqueta é a nossa irmã. Só que ela é mais velha que o Pólux e mais nova que eu. A família está crescendo.

Eu já contei o motivo de o Pólux ter esse nome? O Pólux estava para adoção na clínica veterinária que cuidava da Henriqueta. A minha tia o adotou e me deu de presente. Ela o deixou de surpresa dentro do meu quarto. Quando eu abri a porta, estava tudo escuro e só enxerguei o brilho dos olhos dele, como o brilho de uma estrela. Daí eu o chamei de Pólux, que é a décima sétima estrela mais brilhante do céu. E também porque o nome Pólux é muito fantástico. Eu adoraria me chamar Pólux.

O Pólux é um gato todo branco com manchinhas pretas nas patas. Assim como eu, ele gosta de ficar olhando para o céu, principalmente à noite. Ele adora miar para a Lua. Eu fico do lado dele imitando o seu miado. Acho que o Pólux pensa que é um lobo. Aliás, você conhece a charada do gato e da Lua? Você sabe por que o gato mia para a Lua e a Lua não mia para o gato?

Resposta: porque astronomia... **Astro no mia**... Hehehe.

Quando eu crescer, quero ser astrônomo. Estudar as constelações, os planetas, os cometas, os meteoros, as galáxias e, quem sabe, encontrar alienígenas. Outro dia, olhando para o céu, eu vi uma estrela que ficava piscando muito forte e mudando de cor. Ela ficava vermelha, depois azul, depois verde, depois amarela. Eu nunca tinha visto nada parecido. Daí a estrela foi de um lado para o outro, subiu e desceu e mudou de lugar. Ficou parada por um tempo e sumiu, quer dizer, voou para longe. Tenho quase certeza de que era um disco voador. Eu acredito que existe vida em outras galáxias, em outros planetas. Eu acho isso incrível, você não acha?

Ah, eu estava falando do Pólux, não estava? Vou voltar. E você, gosta de gatos? Ou prefere os cachorros? Eu gosto dos cachorros também, mas acho que o Pólux e a Henriqueta não gostariam muito de ter um cão por perto. Ou será que gostariam, quem sabe? Eu já ouvi várias histórias de amizades estranhas entre animais. Um gato amigo de um porco. Um macaco amigo de um elefante. Uma galinha amiga de um jabuti. Sei lá, acho que tudo é possível para os animais. A minha tia me disse que, quando nós sabemos escutar, os animais nos ensinam coisas fantásticas. Eu concordo. O Pólux, por exemplo, me ensinou a esticar o meu corpo e a espreguiçar assim que eu me levanto da cama todas as manhãs.

Eu estou aqui dizendo todas essas coisas sobre o Pólux, porque hoje, pela primeira vez, ele e a Henriqueta ficaram se cheirando, nariz com nariz. Eu fiquei tenso. Mas depois cada um saiu tranquilo para o seu canto, sem nenhuma patada ou *fuu*. O fuu é um chiado que os gatos fazem para afastar o perigo quando se sentem ameaçados. Se você tem um gato, sabe muito bem do que eu estou falando. O Pólux ainda não está confortável com a sua nova irmã.

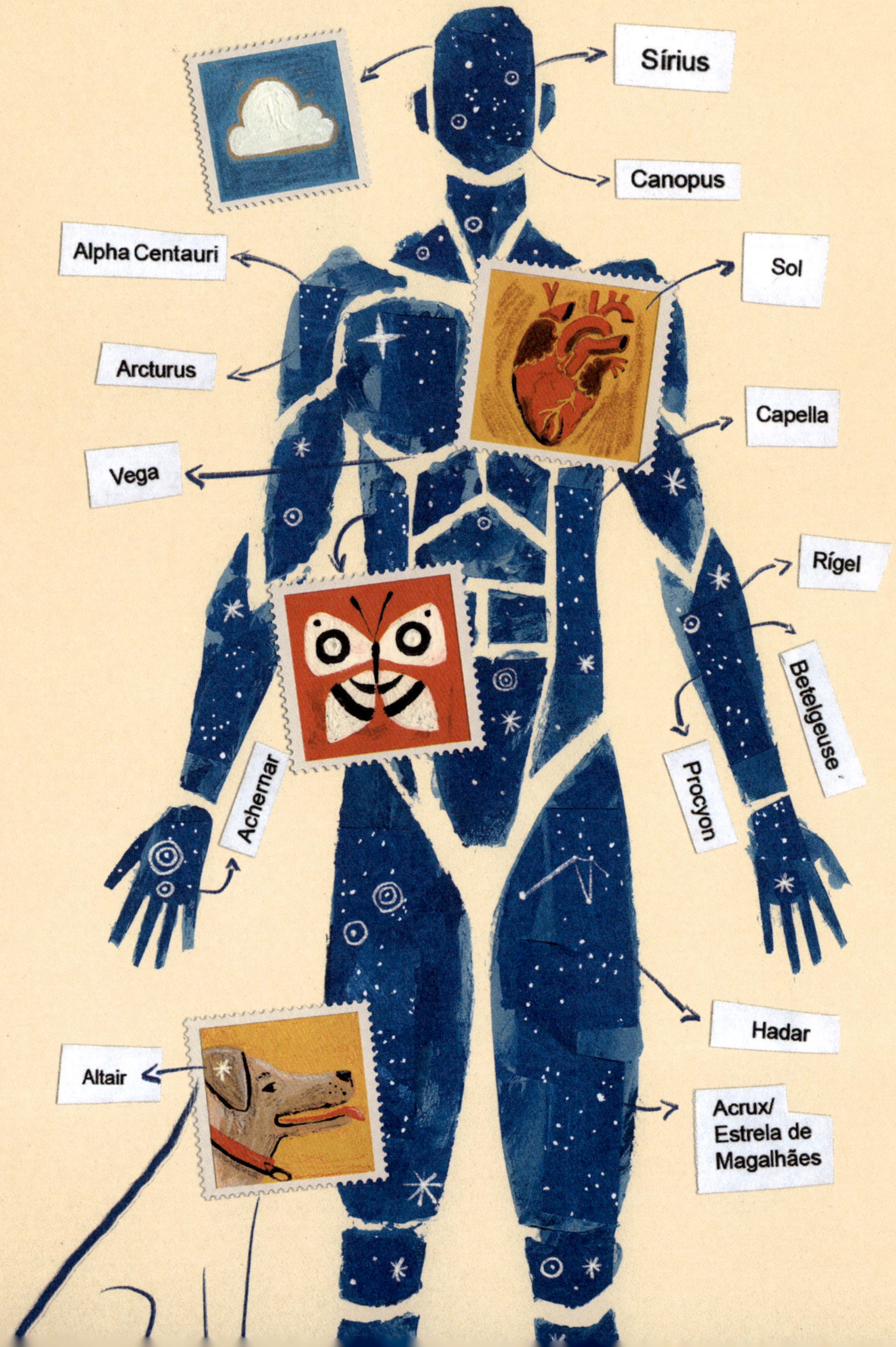
Sírius
Canopus
Alpha Centauri
Sol
Arcturus
Capella
Vega
Rígel
Betelgeuse
Procyon
Achernar
Hadar
Altair
Acrux/
Estrela de
Magalhães

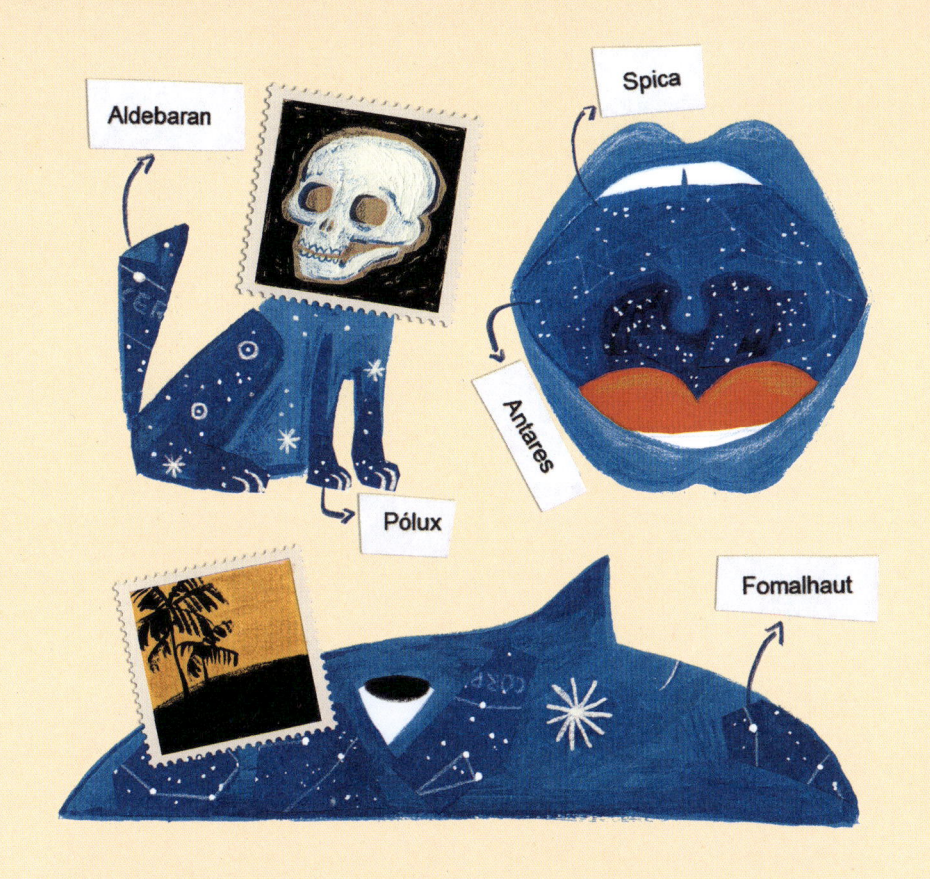

Por que é que nós não brilhamos como uma estrela?

Hoje foi um dia daqueles! Eu contei que a minha luneta ficou novinha? Pois é, estou bem feliz por isso. Agora, a lente está ótima. Outra novidade é que já faz uma semana que a Henriqueta está morando aqui no nosso apartamento. O Pólux continua evitando a Henriqueta. Acredito que logo eles se entenderão a ponto de dormirem juntos. Tomara que eu esteja certo. Sempre que se cruzam, eles se cheiram e, às vezes, trocam umas patadas, mas nada sério.

Ontem eu fui ao hospital com a minha mãe para visitar a tia Luci. Eu não pude ficar muito tempo no quarto, tem horário certo para as visitas e nós conversamos pouco. Eu perguntei se ela sabia que nós somos feitos de poeira de estrela. Eu tinha visto isso num documentário. Uma grande estrela explodiu e da poeira dessa explosão formaram-se alguns planetas, como a Terra, e até o Sol. E nós, os animais, as árvores, a água, o ar, tudo é feito da poeira dessa imensa estrela. Ela disse que também sabia. A tia Luci estava um pouco mais quieta. Normalmente, ela fala bastante. Daí eu fiz outra pergunta para ela: por que, então, nós não brilhamos como uma estrela? E ela começou a chorar.

— Eu falei alguma besteira, tia?

— Não, Érico, você nunca diz besteira. Eu é que estou chorando à toa.

— É por causa da viagem?

— Talvez, Érico, talvez.

Depois eu perguntei quando ela sairia do hospital para nós passearmos juntos.

— Não sei. Mas tenho uma novidade pra você! Estou quase terminando de escrever o poema que prometi te dar no seu aniversário.

Eu fiquei tão entusiasmado com a notícia que saí do hospital sem dizer a ela outra descoberta que eu também tinha visto naquele documentário. Lá eles disseram que, quando olhamos para o céu para admirar as estrelas, estamos olhando para o passado, pois a estrela que vemos hoje no céu já pode até ter morrido ou estar tão distante da Terra que a sua luz demora um tempão viajando no espaço até chegar a nós. Achei essa história bem maluca e fiquei sem dormir boa parte da noite. A minha cabeça não parava de pensar no brilho da estrela. Como é possível uma estrela continuar brilhando depois que ela morreu? Não é estranho isso?

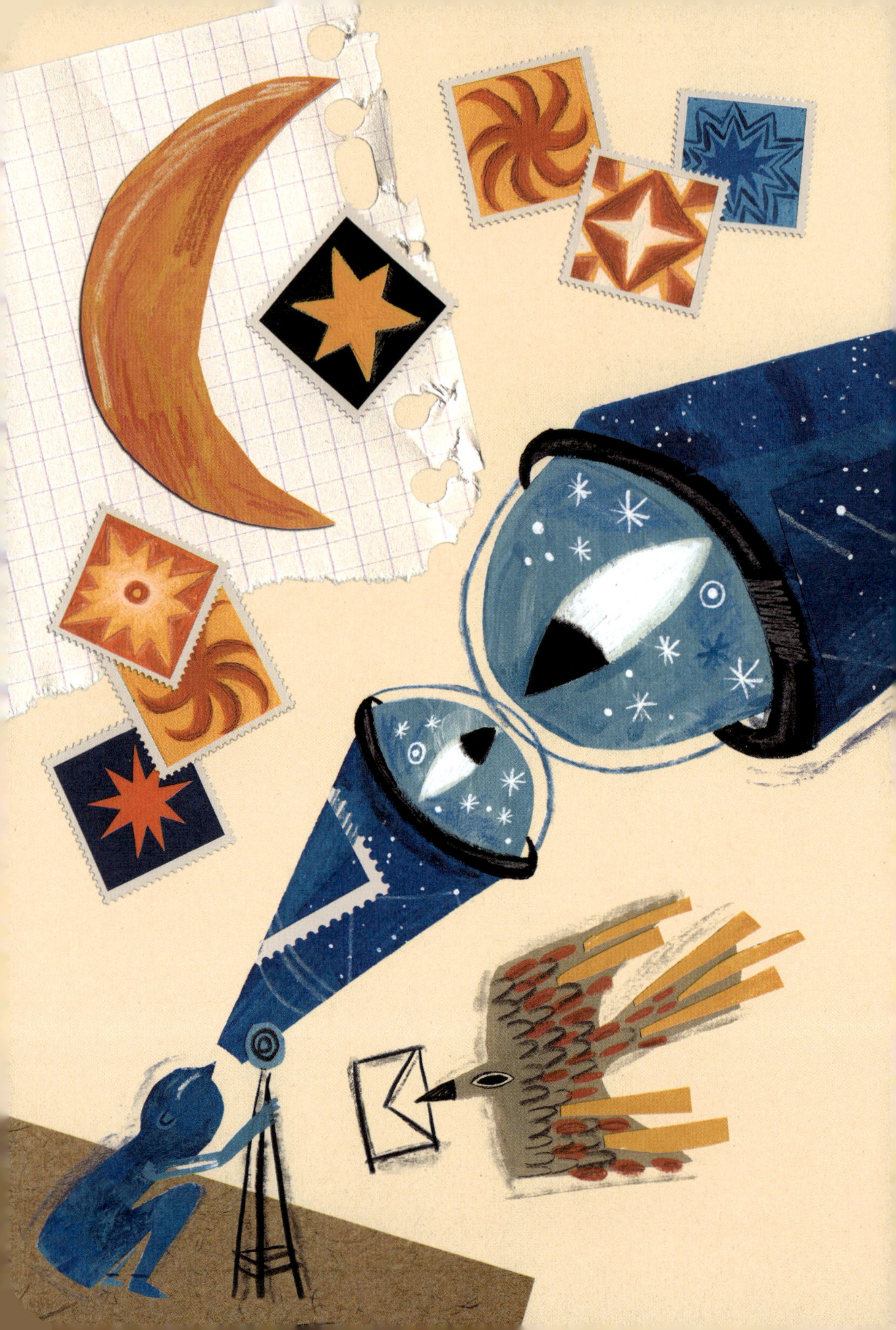

Se você pudesse estar aqui comigo

A minha mãe foi até a minha escola. Eu estava fazendo uma atividade de Ciências com a Fernanda. Sim, estamos fazendo o trabalho de Ciências juntos. Pela primeira vez, eu falei mais do que duas palavras com ela. Geralmente, as palavras são "oi" e "tchau". Eu estava com a carta que escrevi para ela no bolso. Eu sempre carrego essa carta comigo. Eu achei que aquele era o dia certo para entregar. Mas a minha mãe pediu licença para a professora e fez um gesto com a mão indicando que era para eu ir com ela. Eu peguei as minhas coisas e disse à Fernanda que depois eu a ajudaria a terminar o trabalho. Ela respondeu:

— Tá bom, Érico. Eu te espero.

"Eu te espero", ela disse. Eu ouvi. Você ouviu? O que significava aquilo? Era mais do que eu poderia acreditar. Eu fiquei nas nuvens. Na realidade, eu estou sempre nas nuvens. Então, eu fiquei nas nuvens só que no meio de uma tempestade com trovões e raios. A Fernanda é a garota mais legal do mundo.

Quando entrei no carro, a minha mãe começou a chorar e me abraçou. Eu já imaginei o que tinha acontecido.

— A tia Luci foi viajar sem se despedir... É isso, mãe?

— Ainda não, meu filho. A sua tia pediu para te ver.

Quando chegamos ao hospital, a tia Luci estava tossindo muito e com falta de ar. Eu vi que tinha um copo de água em cima de uma mesinha, eu o peguei e o levei até ela. Mas a tia Luci não quis beber.

A minha mãe saiu do quarto. A tia Luci estendeu os braços e, com bastante esforço, tentou me abraçar. Eu a ajudei, colocando as suas mãos em cima dos meus ombros. Daí ela me disse com a voz um pouco fraca:

— Não quero que você fique triste, Érico. Tudo isso que está acontecendo comigo é normal, faz parte da vida. Você sabe que as estrelas um dia também deixam de brilhar, não sabe?

— Sei! — eu respondi.

Daí ela tirou um envelope do bolso e me deu. Disse que era para eu abrir e ler só quando ela estivesse bem longe. Ela enxugou as lágrimas e disse que tinha uma surpresa para mim.

Apertou um botão vermelho que os pacientes usam quando precisam chamar os enfermeiros e, poucos minutos depois, apareceu uma enfermeira com o melhor doce de amendoim do mundo, que só a tia Luci sabe como fazer.

— Mas... — eu quis saber como ela tinha feito o doce lá no hospital.

— Eu ensinei a enfermeira a fazer. Deve estar igualzinho ao meu. Prove!

Estava mesmo igualzinho ao dela. A enfermeira era a segunda pessoa no mundo que sabia fazer o melhor doce de amendoim de todo o universo. Então nós conversamos sobre as estrelas, sobre a escola, eu falei da Fernanda e do trabalho de Ciências que estávamos fazendo sobre o sistema solar. Contei que o Pólux e a Henriqueta estavam ficando cada vez mais próximos e demos muitas risadas lembrando o dia em que fomos pegos por uma chuvarada e estávamos sem guarda-chuva e, ao invés de nos escondermos, começamos a dançar na chuva, como num filme antigo de que a minha tia gostava.

Quando chegou o momento de ir embora, ela me perguntou:

— Já entregou a carta para a Fernanda?

— Ainda não — eu disse.

— Não espere tanto, senão a carta vai amarelar ou as traças vão comê-la!

Nós dois rimos. Eu já estava na porta, quando ela disse:

— Até a próxima, Érico!

Esse sempre foi o jeito de nos despedirmos.

— Até a próxima — eu respondi.

E sorrimos um para o outro. E demos mais um abraço bem apertado.

✳

E agora que estou te contando isso, eu sei que talvez não haja um próximo encontro com a tia Luci. Ela deve estar preparando as malas para a sua viagem. E acho que tem um pouco de mim dentro dessa mala. Quer dizer, não que eu esteja lá em carne e osso, mas um pouco das coisas que vivemos juntos.

O Pólux e a Henriqueta estão dormindo bem pertinho um do outro ao pé da minha cama. Quando se trata de dormir, os gatos são os melhores. E dormindo eles nem ligam de estar um ao lado do outro.

Mesmo assim, estou me sentido muito sozinho. Se você pudesse estar aqui comigo... Seria incrível... Já sei! Eu tive uma ideia! Vamos marcar um dia, pode ser na próxima sexta-feira. Exatamente às oito horas e quinze minutos da noite, vamos até as janelas dos nossos quartos, ou no quintal, ou em qualquer lugar que você estiver e que seja possível enxergar a Lua e, daí, ficamos olhando para ela. Nessa hora, eu saberei que você estará comigo e eu com você. Assim eu me sentirei menos sozinho.

A grande estrela

    Você sabia que o Sol é uma grande estrela? A única que conseguimos enxergar durante o dia? O Sol é a estrela mais próxima do nosso planeta e por isso conseguimos vê-lo durante o dia. Você sabia que a luz dele demora oito minutos para chegar até nós? Eu adoro dias ensolarados! E hoje é um dia de muito sol para mim. É que ontem eu tive coragem e entreguei a carta para a Fernanda. Sim! Ela leu e hoje veio falar comigo no intervalo.

    Nós conversamos sobre muitas coisas. Eu agora sei do que ela gosta e do que ela não gosta, sei que ela também gosta das estrelas e do céu, que gosta de dançar, prefere os dias de sol aos dias de frio, e que também adora ler. O livro preferido dela é *A bolsa amarela*. Esse eu ainda não li. Ela disse que vai me emprestar. Contou que também tem um gato de estimação que se chama Quixote. Um dia, ele apareceu na casa dela e foi dormir nos livros da biblioteca. É um gato preto. O pai dela é psicólogo, e a mãe é professora de Biologia. Eu contei que a minha mãe é advogada, que o meu pai é arquiteto e que a minha tia Luci é poeta. Ela me disse que a sua cor preferida é o amarelo, eu disse que a minha é o azul. Ou seja, ela é o Sol, e eu, o céu. Viu só como nós combinamos? O que eu sei também é que agora somos amigos.

Depois do intervalo, no meio da aula de Ciências, nós estávamos terminando o trabalho sobre o sistema solar e daí eu perguntei:

— Você sabia que nós somos feitos de poeira de estrela?

Ela riu e disse:

— Então por que é que nós não brilhamos?

— Eu também não sei — respondi.

— Eu sei — ela disse. — É que nós não estamos no céu. Só lá do alto é que se pode brilhar. Você já viu alguma estrela andando pela rua?

Eu fiz um silêncio. Fiquei pensativo. E ela soltou uma gargalhada. Em seguida, eu também soltei uma gargalhada. A professora olhou com uma cara bem brava para nós.

Queria muito poder contar para a minha tia sobre a Fernanda, mas a minha mãe me disse que ela foi levada para outra ala do hospital e que eu não poderia visitá-la.

cosmos

Pausa para respirar

Acordei com as mãos do meu pai nos meus cabelos.
— Bom dia, escritor!
— Escritor? Por quê? — eu quis saber o motivo de ele me chamar de escritor.
— E esse caderno que você não larga? Eu te vejo pra lá e pra cá com ele. Sempre escrevendo alguma coisa. Que tanto você escreve aí? — Ele estava com o meu caderno nas mãos. Esse caderno em que estou escrevendo agora.

— São coisas minhas, nada de especial — eu disse sem dar muita importância, para ver se ele me devolvia o caderno sem ler o que eu tinha escrito.

— Sei... — ele disse. Colocou o caderno em cima da cama e sentou. E ficou pensativo, olhando para as paredes.

— O que é que foi, pai?

— Bom, filho, eu não vim até o seu quarto para falar do seu caderno. Eu gosto de saber que você escreve. Depois, se você quiser, eu gostaria de ler o que escreveu. Mas, na verdade, você sabe. A sua tia Luci... Nós já estávamos esperando...

— Que é que tem a tia Luci? — eu perguntei, mas já sabia o que tinha acontecido.

Daí ele fez um silêncio e abaixou a cabeça. Os adultos geralmente só abaixam a cabeça para uma criança se não conseguem olhar nos olhos dela para dizer a verdade. A minha tia é que diz isso. O meu pai estava com receio de me dizer a verdade. Vi que os seus olhos se encheram de lágrimas e eu o abracei. Eu também chorei. Era isso. A minha tia Luci tinha ido embora. Foi fazer a sua viagem sem volta.

PAUSA PARA EU RESPIRAR.

Desculpa. Eu precisava de um pouco de ar.

O meu pai se levantou e saiu do quarto ainda com a cabeça baixa. Eu fui correndo abrir a gaveta onde guardo as coisas mais importantes. Entre fotos com a minha tia, um desenho de um astronauta que eu ganhei da Fernanda, uma foto do dia em que o Pólux chegou aqui em casa, lá estava o envelope que a minha tia me entregou no hospital e pediu que eu lesse o que tinha escrito só depois que ela estivesse bem longe. Este era o momento. Sentei na minha cama, respirei fundo, abri o envelope e li:

Érico, meu querido sobrinho, poeta das estrelas,

Antes de escrever o poema que te prometi, eu precisava te falar ao coração. Outro dia, eu fiquei pensando numa conversa que tivemos. Você me disse que falava com as estrelas e que elas te respondiam, mas que era preciso saber ouvir e observar. Eu ainda não tinha conseguido ouvir a voz de uma estrela. Até hoje. Eu fiz o que você falou e fiquei em silêncio durante um bom tempo, olhando para o céu. E, para a minha surpresa, a estrela falou comigo. Érico, você tinha razão, elas não falam uma língua comum. Mas dá para entender o que elas querem dizer.

A estrela com que eu falei me convidou para ir morar com ela. E eu aceitei o convite. Agora, toda vez que você olhar para o céu, eu serei um pontinho luminoso misturado a outros milhares de pontinhos luminosos no céu, e não será preciso saber qual estrela eu sou, basta ficar em silêncio, olhando para o céu, que nós estaremos juntos, que você e eu sempre estaremos juntos, porque nós somos feitos da mesma poeira de estrela.

    Aqui vai o poema que prometi te dar no seu aniversário. Desculpe o atraso. Espero que goste.

Para Érico

Somos o chão,
a sala, o rio,
a casa.
Somos o sertão
e a cidade.
Somos o Pólux
e a Henriqueta.
A cadeira,
o lápis,
a escola.

Somos poetas
e astronautas,
planetas, mares,
montanhas e florestas.
Tudo o que existe
somos nós.
Eu e você.
Somos feitos de
poeira de estrela.

Com amor, da sua tia Luci.
Até a próxima!
Te amo!

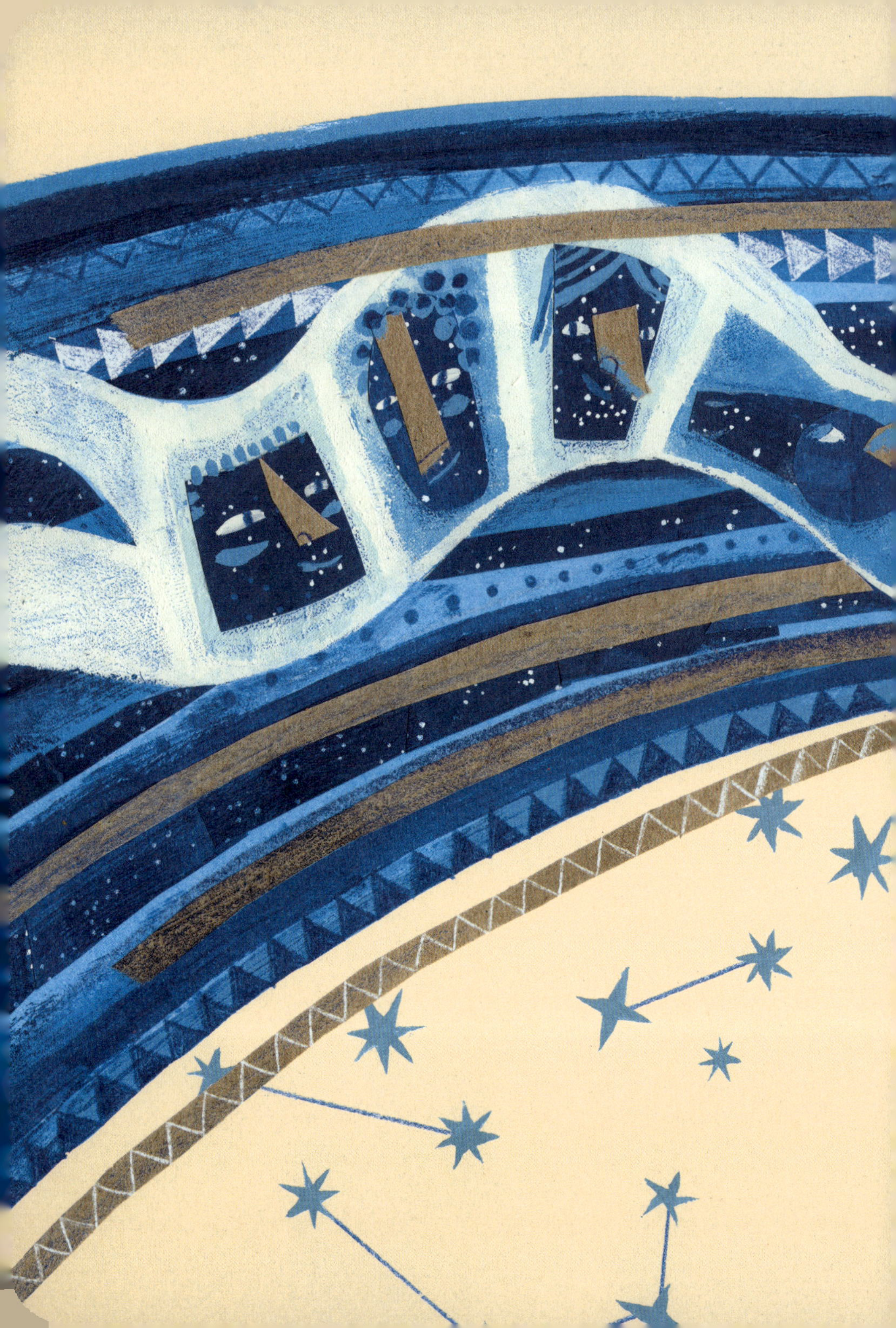

Você já olhou para o céu?

Já faz dois dias que a tia Luci foi viajar para sempre.

E eu me senti menos sozinho na última sexta-feira, pois eu sabia que você também estava olhando para a Lua na mesma hora que eu. E também porque agora a Fernanda é a minha melhor amiga.

Eu fiquei duas noites olhando para o céu. Porque eu sou assim, gosto mais de olhar para o céu do que olhar para a frente. Mas não só. Eu também tenho percebido que se eu não olhar para a frente, não vejo a Fernanda, não vejo a minha mãe e o meu pai, não vejo o Pólux, a Henriqueta. Se eu só tivesse olhado para o céu, eu não teria visto a tia Luci, nem estaria escrevendo, contando tudo isso para você. Eu fiquei pensando que cada pessoa é uma estrela. E se eu olhar para o montão de pessoas nas ruas, estou vendo uma constelação, um céu de estrelas. Por isso, olhar para a frente também pode ser olhar para o céu.

Eu acho que a minha tia Luci virou uma estrela anã branca. As anãs brancas são estrelas que morreram, mas que continuam no céu e ainda brilham. No coração da anã branca em que agora a minha tia mora tem um imenso diamante. A minha tia me mostrou uma vez uma música dos Beatles, que era uma das bandas preferidas dela, que se chama *Lucy in the Sky with Diamonds* e quer dizer "Lucy no céu com diamantes". Agora a minha tia é uma estrela. E essa música se tornou uma das minhas favoritas também.

Ontem eu recebi uma visita especial. A Fernanda veio me visitar. E ela veio com os seus pais. Agora os meus pais são amigos dos pais da Fernanda e eles vieram jantar aqui em casa. O pai dela me disse que gostava muito dos poemas da minha tia Luci e que ele não teve o prazer de conhecê-la pessoalmente, mas que admirava muito o que ela escrevia.

Depois do jantar, mostrei para a Fernanda, pela luneta, a estrela da minha tia. A Fernanda disse que era uma estrela muito bonita. Acho que nós seremos amigos para sempre. Eu posso dizer tanta coisa para ela, quase tudo o que eu conversava com a minha tia. Na semana que vem, começam as férias. Estou planejando pedir para a minha mãe me levar ao planetário e quero convidar a Fernanda para ir lá também. Ah, eu te contei que o Pólux e a Henriqueta não brigam mais e estão até dormindo um bem pertinho do outro? Sim, é verdade.

A tia Luci ia gostar da Fernanda.

Ontem eu fiquei olhando para o céu e pensei que, talvez, você pudesse estar olhando também. Daí eu me lembrei do poema da tia Luci:

Tudo o que existe
somos nós.
Eu e você.
Somos feitos de
poeira de estrela.

Não é incrível?

Nat Grego

  Nasci no dia 27 de fevereiro de 1999 e todos os dias eu olho para o céu. É tanta coisa acontecendo lá no alto e, tudo ao mesmo tempo, que é incrível como o céu consegue me passar tanta calmaria! Gosto de pensar que, até em um dia nublado, há sempre um céu aberto, ensolarado ou estrelado.

  Como o Érico, me encanta fazer registros nos meus cadernos, seja com palavras, seja com desenhos. Já colecionei papéis de carta, e imagino que ele também tenha um carinho especial pelos materiais que utiliza para escrever e criar. Isto me inspirou a desenvolver as artes desta história com papéis, canetas, selos, envelopes, etc.

Marcelo Maluf

Nasci no dia 15 de janeiro de 1974. Gosto de inventar histórias tanto para crianças quanto para adultos. Já escrevi uma porção delas e estou sempre criando.

Quando eu tinha a idade do Érico, gostava de me deitar no quintal da minha casa e ficar observando as estrelas. Meu pai tinha uma luneta que eu e meus irmãos sempre usávamos para observar a Lua.

A história que eu conto neste livro nasceu dessa lembrança. Até hoje eu gosto de ficar olhando para o céu. O Érico, aliás, era bem parecido comigo quando eu era criança. Agora, eu queria saber uma coisa: você já olhou para o céu hoje?

Este livro foi composto com as tipografias Schoolbell Pro e Dolly Pro e impresso em offset 150g, em 2023.